Les PROFS

la salle des profs

PICA, MAURICET & ERROC

Couleurs : J. GUÉNARD

BAMBOO ÉDITION

www.bamboo.fr

Retrouvez sur Internet :
"Les Profs" : www.lesprofs.com
Erroc : www.erroc.fr
Pica : www.pica-bd.com

L'encrage de la couverture a été réalisé par Simon Léturgie.

La fabrication de cet album répond au processus de développement durable engagé par Bamboo édition. Il a été imprimé sur du papier certifié PEFC.

116, rue des Jonchères - BP 3
71012 CHARNAY-LÈS-MÂCON cedex
Tél. 03 85 34 99 09 - Fax 03 85 34 47 55
Site Web : www.bamboo.fr
E-mail : bamboo@bamboo.fr

PREMIÈRE ÉDITION
Dépôt légal : novembre 2014
ISBN 978-2-8189-3204-9

Printed in France
Imprimé et relié en France par PPO Graphic, 91120 Palaiseau

PFF! Y EN A MARRE DE CORRIGER DES INTERROS !...
ÇA, JE SUIS BIEN D'ACCORD AVEC TOI !
CERTAINES RUMEURS PERFIDES LAISSENT ENTENDRE QUE, TOI, TU NE TE PRESSES PAS TROP POUR CORRIGER LES INTERROS...
CAMIF
IL PARAIT QU'IL Y A DES ÉLÈVES QUI ATTENDENT DEUX OU TROIS MOIS AVANT DE RÉCUPÉRER LEUR COPIE NOTÉE...
C'EST DE LA CALOMNIE!!!
MOI, J'AIME LE TRAVAIL BIEN FAIT, C'EST TOUT ! UNE INTERRO, ÇA NE SE NOTE PAS À LA LÉGÈRE, MONSIEUR !
SLURP!
MOI, CE QUE J'EN DIS...
D'AILLEURS, J'AI APPORTÉ UN PAQUET DE COPIES QUE J'AVAIS L'INTENTION DE CORRIGER TOUT DE SUITE !
ALORS...
PAS MAL...
M'OUAIS...
BIEN VU...
ALLEZ, 15/20 !
MMM... STÉPHANE GARCIA ?...
TIENS, C'EST MARRANT, CE NOM-LÀ NE ME DIT RIEN...
MOI, JE ME SOUVIENS DE LUI, JE L'AI EU DANS MA CLASSE...
IL A QUITTÉ LE LYCÉE EN 1991 !
189
PICA 02 + ERROC

C'EST PAS LA GRANDE FORME EN CE MOMENT, HEIN ?
T'ES VACHEMENT OBSERVATEUR, TOI...
JE SAIS CE QUI NOUS FERAIT DU BIEN : UNE BONNE PETITE GRÈVE !
AH, OUAIS !!!
D'ACCORD, MAIS HEU... FAUDRAIT QUAND MÊME AVOIR UNE BONNE RAISON...
HMM... POUR NOS CONDITIONS DE TRAVAIL ?
DÉJÀ FAIT !
POUR NOS SALAIRES, ALORS...
HOLÀ ! DÉJÀ FAIT AUSSI !
CONTRE LA FORMATION INADAPTÉE : DÉJÀ FAIT !
CONTRE LES CLASSES SURCHARGÉES : DÉJÀ FAIT ! CONTRE LA VIOLENCE : DÉJÀ FAIT !
POUR AVOIR PLUS DE VACANCES ?
MAURICE ! ON PARLE SÉRIEUSEMENT, LÀ !
SALLE DES PROFESSE
BONJOUR, CHERS COLLÈGUES ! JE VOULAIS JUSTE VOUS RAPPELER QUE NOUS AVIONS UNE RÉUNION CE SOIR À 18 HEURES...
JE VOUS SOUHAITE UNE BONNE JOURNÉE !
CLAC !
NOUS DEVONS NOUS MOBILISER CONTRE LES PROVISEURS QUI ENTRENT SANS FRAPPER !!!
C'EST INADMISSIBLE !
T'AS RAISON !
QUEL JOUR ?

pot d'accueil du psy le 13
Café
SALLE DES PROFS DÉSERTE...
ÇA FAIT DU BIEN DE TEMPS EN TEMPS...
Café
C'EST QUAND MÊME BIZARRE... À CETTE HEURE-CI D'HABITUDE, Y'A UN MONDE FOU...
MAIS... MAIS...
C'EST AUJOURD'HUI!!!
LES SALAUDS! ILS AURAIENT PU ME LE RAPPELER...
VIIIIIITE!!!
TROP TARD!
MERCI D'ÊTRE VENUS SI NOMBREUX POUR CETTE HEURE D'INFORMATION SYNDICALE ! POUR COMMENCER NOUS ALLONS...
ordre du jour
grève du 13!
- salaire
- retraite
- discipline
- cotisations
- élection des représentants
- conseil d'administration
- mutation
PICA 03 + ERROC

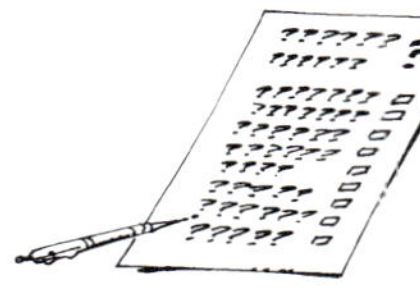

ÇA Y EST !!! JE LES AI !!!
QUOI ! LES CHIFFRES GAGNANTS DU LOTO ?
MAIS NON : LES CONSULTATIONS DU MINISTRE !!!
IL A DÉCIDÉ D'ENVOYER CE QUESTIONNAIRE À TOUS LES ENSEIGNANTS POUR QU'ILS DONNENT LEUR AVIS SUR SON PROJET DE RÉFORME !
LE MINISTRE VEUT CONSTRUIRE L'AVENIR DE L'ÉCOLE AVEC VOUS !
IL SAIT QU'IL N'Y A PAS DE BONNE RÉFORME SANS CEUX QUI, CHAQUE JOUR, AFFRONTENT LA RÉALITÉ SUR LE TERRAIN ...
C'EST GRAND ! C'EST BEAU !
SNIF !
PFFF ! TOUT ÇA, C'EST DU BIDON !
ASSEZ DE DÉFAITISME ! POUR UNE FOIS QU'ON ME DEMANDE MON AVIS, JE VAIS LE DONNER !
ALLONS-Y ! PREMIÈRE QUESTION...
CLIC !
VOUS TROUVEZ QUE MON PROJET DE RÉFORME EST :
a) très utile
b) excellent
c) génial
PICA 04 + ERROC

?
le catalogue CAMIF est arrivé !
ÇA VA PAS ?
PAS TROP, NON...
JE SAIS PLUS OÙ J'EN SUIS ! NOTRE BOULOT EST TELLEMENT STRESSANT ! JE ME DEMANDE SI J'ÉTAIS VRAIMENT FAIT POUR ÊTRE PROF !...
TU VEUX QU'ON EN DISCUTE ?
AH NON, NON ! JE VEUX PAS TE DÉPRIMER AVEC MES PROBLÈMES !
TU SAIS, C'EST PARFOIS PLUS FACILE DE SE CONFIER À DES INCONNUS : TU DEVRAIS APPELER "SOS PROFS EN DÉTRESSE", C'EST UN NOUVEAU SERVICE DU RECTORAT...
J'AI LE NUMÉRO !
JE TE LAISSE : JE SUIS SÛRE QU'UNE ÉCOUTE CHALEUREUSE TE REMONTERA LE MORAL !
HMM...
TIP TIP TIP TIP TIP TIP TIP TIP
ALLÔ ? "SOS PROFS EN DÉTRESSE" ?
"VOUS ÊTES UN PEU DÉSESPÉRÉ : TAPEZ 1 ! VOUS ÊTES BEAUCOUP DÉSESPÉRÉ : TAPEZ 2 ! VOUS AVEZ DÉCIDÉ DE VOUS RESSAISIR ET D'ARRÊTER DE PLEURNICHER : RACCROCHEZ !"
CAMIF est arrivé !
274
Pica 04 + Erroc

TRAVAUX
GRATT GRATT
pot de rentrée le 15 à midi !
?
TAP TAP
ANTOINE, PINCE-MOI ! JE RÊVE !
SERGE TRAVAILLE !
AH, OUI ! IL A TOUJOURS BEAUCOUP DE BOULOT EN DÉBUT D'ANNÉE !
IL DOIT TROUVER DE NOUVELLES EXCUSES BIDONS POUR NE PAS FAIRE COURS !
HAHAHA ! GÉNIALE, CELLE-LÀ !
pot de rentrée le 15 à midi !
293
PICA 04 + ERROC

?
LE MINISTRE
♪
QU'EST-CE QUE TU FABRIQUES ?
JE VÉRIFIE MON MATÉRIEL D'ESCALADE...
...J'AI DÉCIDÉ DE FAIRE ESCALADER LA FACE NORD DU GYMNASE PAR MES ÉLÈVES !
EXCUSE-MOI, MAIS TES COURS DEVIENNENT DE PLUS EN PLUS DÉBILES ET DANGEREUX !
EXCUSE-MOI, MAIS MON RÔLE C'EST D'APPRENDRE DES CHOSES ESSENTIELLES À MES ÉLÈVES !
MAIS C'EST COMPLÈTEMENT INUTILE D'APPRENDRE L'ESCALADE AU LYCÉE !
PAS PLUS QUE D'APPRENDRE LA DATE DE LA ROUGEOLE DE NAPOLÉON !
DITES DONC, LES GARS, J'Y PENSE TOUT À COUP ! C'EST AUJOURD'HUI !
MAIS... MAIS OUI, T'AS RAISON !
TIRONS-NOUS D'ICI VITE FAIT !
TROP TARD : LE VOILÀ !
AÏE !
MERCI D'ÊTRE VENUS SI NOMBREUX POUR CETTE HEURE D'INFORMATION SYNDICALE...
PAAAS DE PANIQUE, ON VA SE LAISSER GLISSER GENTIMENT JUSQU'EN BAS !
JE RETIRE CE QUE J'AI DIT : C'EST INDISPENSABLE D'APPRENDRE L'ESCALADE AU LYCÉE !
303
PICA 04 + ERROC

IDÉE !

Achetez le dernier tome des "Profs" (c'est génial!)
?
PSSST PSSST PSSST...
?
PFFF PFFFFFF...
HEU... ÇA VA, TU TE SENS BIEN ?
TRÈS BIEN, POURQUOI ?
HiHiHiHi
À MON AVIS, TU RÊVES COMPLÈTEMENT, LÀ !
TU M'ÉTONNES !
PFFFF
LE PROVISEUR NE POURRA JAMAIS CROIRE ÇA !
BEN, FAUT AVOUER QUE C'EST DIFFICILE À AVALER !
ET PUIS MÊME SI LA SCIENCE FAIT D'ÉNORMES PROGRÈS, JE NE PENSE PAS QUE ÇA PUISSE UN JOUR T'ARRIVER EN VRAI !
Café
ALLEZ, ARRÊTE, TU TE FAIS DU MAL !
OUI, RETIRE CE COUSSIN !
DOMMAGE... UN CONGÉ DE MATERNITÉ, ÇA AURAIT VRAIMENT ÉTÉ LE COURONNEMENT DE MA CARRIÈRE...
SOUPIR...
PIRA 04 + ERROC

LUNDI...
FRRTTFRT
FRTTFRT
FRRTT...
MARDI...
FRRTTRT
FRRTTRT
BONG
BLÔK
CRRRRR
MERCREDI...
EN PANNE
JEUDI...
PÉTITION : ON VEUT UNE PHOTOCOPIEUSE NEUVE
TAP TAP TAP
LUNDI MATIN...
PHOTOCOPIEUSE NEUVE
LUNDI MATIN...
TIP! TIP! TIP! TIP!
LUNDI APRÈS-MIDI...
MODE D'EMPLOI TRADUIT DU CORÉEN
MARDI MATIN !
PÉTITION : RENDEZ-NOUS NOTRE PHOTOCOPIEUSE
JE CROIS QUE JE VAIS FAIRE UNE DEMANDE DE RETRAITE ANTICIPÉE...
317
PICA 04 + ERROC

BONGOLO MOCHITO ZLONBA !
AHLANINA YOUPLA GOLO !
ACCEPTE MON OFFRANDE : CE PAQUET DE CAFÉ MOULU PUR ARABICA...
...ET CES PETITES CUILLÈRES EN PLASTIQUE !
JE VAIS MAINTENANT SACRIFIER POUR TOI CE VIEUX GOBELET SALE !
TCHAAAK !...
ET VOILÀ !
TU PEUX METTRE TA PIÈCE : AVEC CES INCANTATIONS, ELLE VA REMARCHER NORMALEMENT !
?
EN PANNE
CIRCULAIRES MINISTÉRIELLES
FAUT VRAIMENT QU'IL ARRÊTE DE PASSER TOUTES SES VACANCES CHEZ LES INDIENS CHORIZOS !
369
PICA 05 TERROC

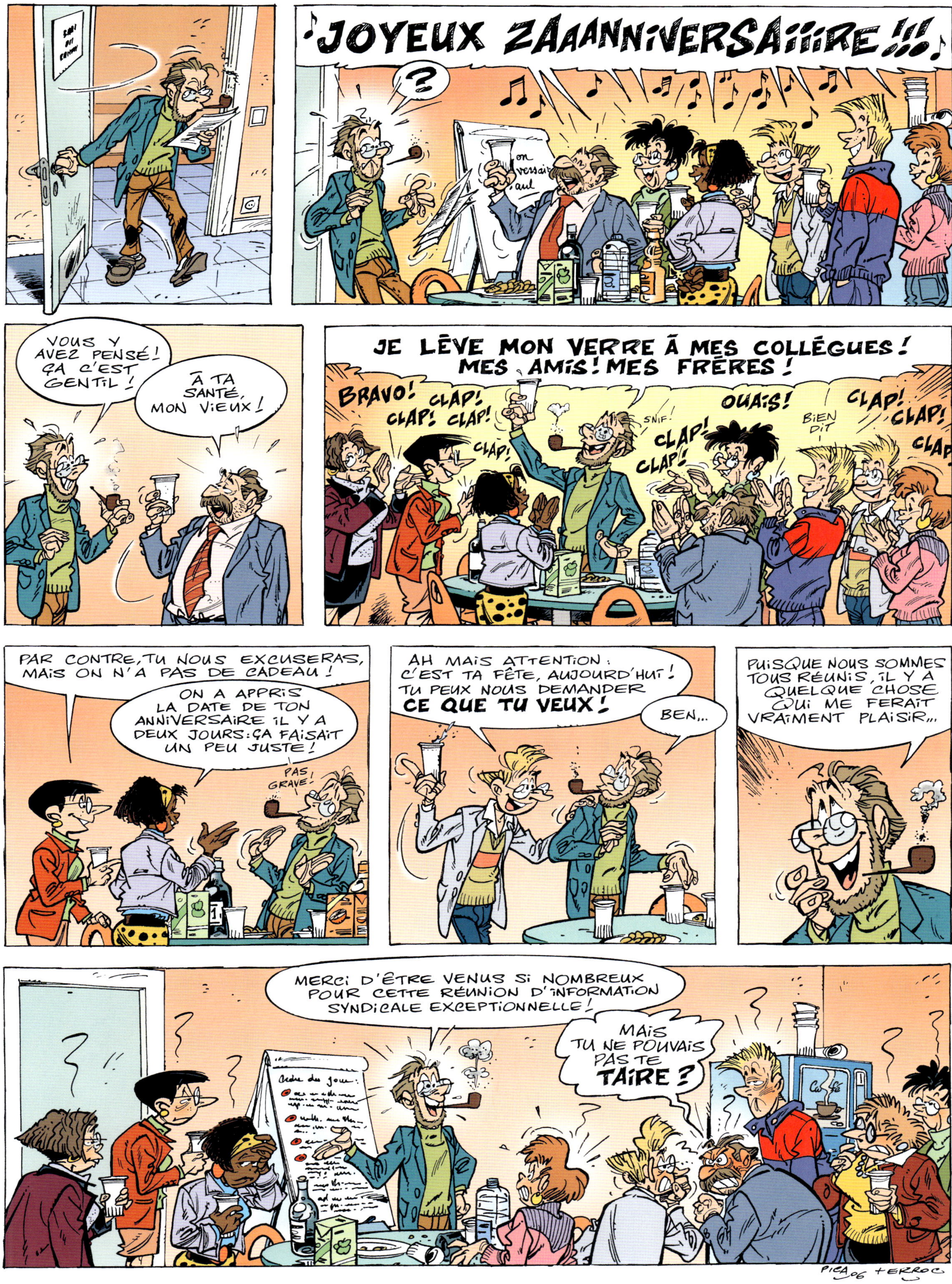
JOYEUX ZAAANNIVERSAiiiiRE !!!
?
VOUS Y AVEZ PENSÉ ! ÇA C'EST GENTIL !
À TA SANTÉ, MON VIEUX !
JE LÈVE MON VERRE À MES COLLÈGUES ! MES AMIS ! MES FRÈRES !
BRAVO!
CLAP! CLAP! CLAP!
CLAP!
SNIF
OUAIS!
CLAP! CLAP!
BIEN DIT
CLAP! CLAP! CLAP!
PAR CONTRE, TU NOUS EXCUSERAS, MAIS ON N'A PAS DE CADEAU !
ON A APPRIS LA DATE DE TON ANNIVERSAIRE IL Y A DEUX JOURS : ÇA FAISAIT UN PEU JUSTE !
PAS GRAVE !
AH MAIS ATTENTION : C'EST TA FÊTE, AUJOURD'HUI ! TU PEUX NOUS DEMANDER CE QUE TU VEUX !
BEN...
PUISQUE NOUS SOMMES TOUS RÉUNIS, IL Y A QUELQUE CHOSE QUI ME FERAIT VRAIMENT PLAISIR...
MERCI D'ÊTRE VENUS SI NOMBREUX POUR CETTE RÉUNION D'INFORMATION SYNDICALE EXCEPTIONNELLE !
MAIS TU NE POUVAIS PAS TE TAIRE ?
Ordre du jour
389
PICA 06 ERROC

BONJOUR...
Pot le 17 à 17 h
?
?
?
ÇA... ÇA VA, PAUL ?
NON...
TU PRENDS UN PETIT CAFÉ ?
SURTOUT PAS! ÇA FAIT DÉJÀ TROIS NUITS QUE JE NE DORS PAS!
ÉCOUTE... JE... JE SAIS QUE C'EST DUR MAIS HEU... TU VEUX QU'ON EN PARLE ?
NOOON! J'AI TROP HONTE!
SNIF!
VINGT ANS DE SYNDICALISME POUR EN ARRIVER LÀ!
SNIF!
MAIS ENFIN, QU'EST-CE QU'IL A ?
BEN...
IL A LU LE NOUVEAU PROJET DE RÉFORME DE L'ÉDUCATION NATIONALE...
...ET IL L'A TROUVÉ BON!
BOUHOUHOUUU
LE PAUVRE!
COMME IL DOIT SOUFFRIR!
391
PICA 06 + ERROC -

en panne
M'SIEUR, Y A UN TRUC QUE JE NE COMPRENDS PAS: CE MATIN, ON N'A PAS EU COURS...
NOTRE CLASSE NON PLUS, M'SIEUR...
ET NOUS, PAREIL!
J-895
ALORS, QU'EST-CE QUE J'APPRENDS? PERSONNE N'A ASSURÉ SES COURS, CE MATIN?
EN PANNE
en panne
EN PANNE
EN PANNE
en panne
EN PANNE
BON, BON. ÇA VA, J'AI COMPRIS!
JE TÉLÉPHONE TOUT DE SUITE AU RÉPARATEUR DE LA MACHINE À CAFÉ!
AAAH, BEN ÇA VA MIEUX D'UN SEUL COUP!
Café
EN PANNE DEPUIS 3 MOIS!!
LE DIALOGUE, Y A QUE ÇA DE VRAI!
394
PICA 06 + ERROC

?
PONK
PONK
SCRITCH
SCRITCH...
HMM
SCRITCH
SCRITCH
SCRITCH
PONK
PONK
DU PAPIER! QU'ON M'APPORTE DU PAPIER!
VITE!
?
ÇA Y EST! J'AI TROUVÉ!
PONK
PONK
PONK
SCRITCH
SCRITCH
¡ICI!
PONK
P...PONK
?
PONK
SUPER! BRAVO!
CLAP
CLAP
CLAP
MERCI
MERCI
OUUUAAiiiS!
C'EST BEAU LA SCIENCE!
CLAP
CLAP CLAP
CLAP
GLOU
GLOUGLOU...
397
PICA 06 + ERROC

BONJOUR MES CHERS COLLÈGUES! J'ESPÈRE QUE VOUS ÊTES EN PLEINE FORME POUR ATTAQUER CETTE RENTRÉE!
?
HEU... EXCUSEZ-MOI MAIS QU'EST-CE QUE VOUS F...
CHHuuuT!
? ? ?
PÔÔÔN!
SNIF!
EST-CE QUE QUELQU'UN POURRAIT M'EXPLIQUER CE QUI SE PASSE ICI?
MAIS TAISEZ-VOUS ENFIN!
CHHHT
VOUS NE RESPECTEZ DONC RIEN?
QUELLE HONTE!
MARMITE QUI CHAUFFE...
... MARMITE QUI BOUT...
MARMITE QUI VA EXPLOSER!
TOP! C'EST TERMINÉ!
C'ÉTAIT UNE MINUTE DE SILENCE À LA MÉMOIRE DE NOS DEUX MOIS DE VACANCES...
TROP TÔT DISPARUS!
MAINTENANT, NOUS SOMMES EN PLEINE FORME POUR ATTAQUER CETTE RENTRÉE!
408
PICA 06 + ERROC

Bip Bip Bip
PUB BIENVENUE À SHOPPING PROF!!!
VOUS EN AVEZ MARRE DE FAIRE LA QUEUE À LA PHOTOCOPIEUSE?
FRRTT FRRTT FRTTT
OUI!
ALORS VOICI LE
PhotocopSTOP®!
LE SIMULATEUR DE PANNE DE PHOTOCOPIEUSE!!
AIMANT
BOURRÉ D'ÉLECTRONIQUE SOPHISTIQUÉE!
29,99€
UN SOIR, LORSQUE LA SALLE DES PROFS EST DÉSERTE, ACTIVEZ VOTRE SIMULATEUR GRÂCE À UN CODE SECRET!
HÉHÉ!
TIP TIP TIP TIP TIP
ET LE LENDEMAIN MATIN :
OH NON! CETTE PHOTOCOPIEUSE EST ENCORE EN PANNE!
PONK PONK
BLOG BLOG
Y EN A MARRE!
IL FAUT METTRE CETTE ANTIQUITÉ À LA DÉCHARGE!
IL NE VOUS RESTE PLUS QU'À DÉSACTIVER VOTRE SIMULATEUR...
TIP TIP TIPTIP TIP
... ...ET À FAIRE VOS PHOTOCOPIES EN TOUTE TRANQUILLITÉ!
HIHIHI...
FRRTT FRRTT FRRTT
ET MAINTENANT, UN PETIT CAFÉ!
HIHI
OH NON! CETTE MACHINE À CAFÉ EST ENCORE EN PANNE!...
PONK PONK
Café
TU ME DONNES LE CODE DE TON BIDULE ET JE TE DONNE LE CODE DU MIEN, OK?
?
Café
MERCI SHOPPING PROF!
416
PICA 06 + ERROC

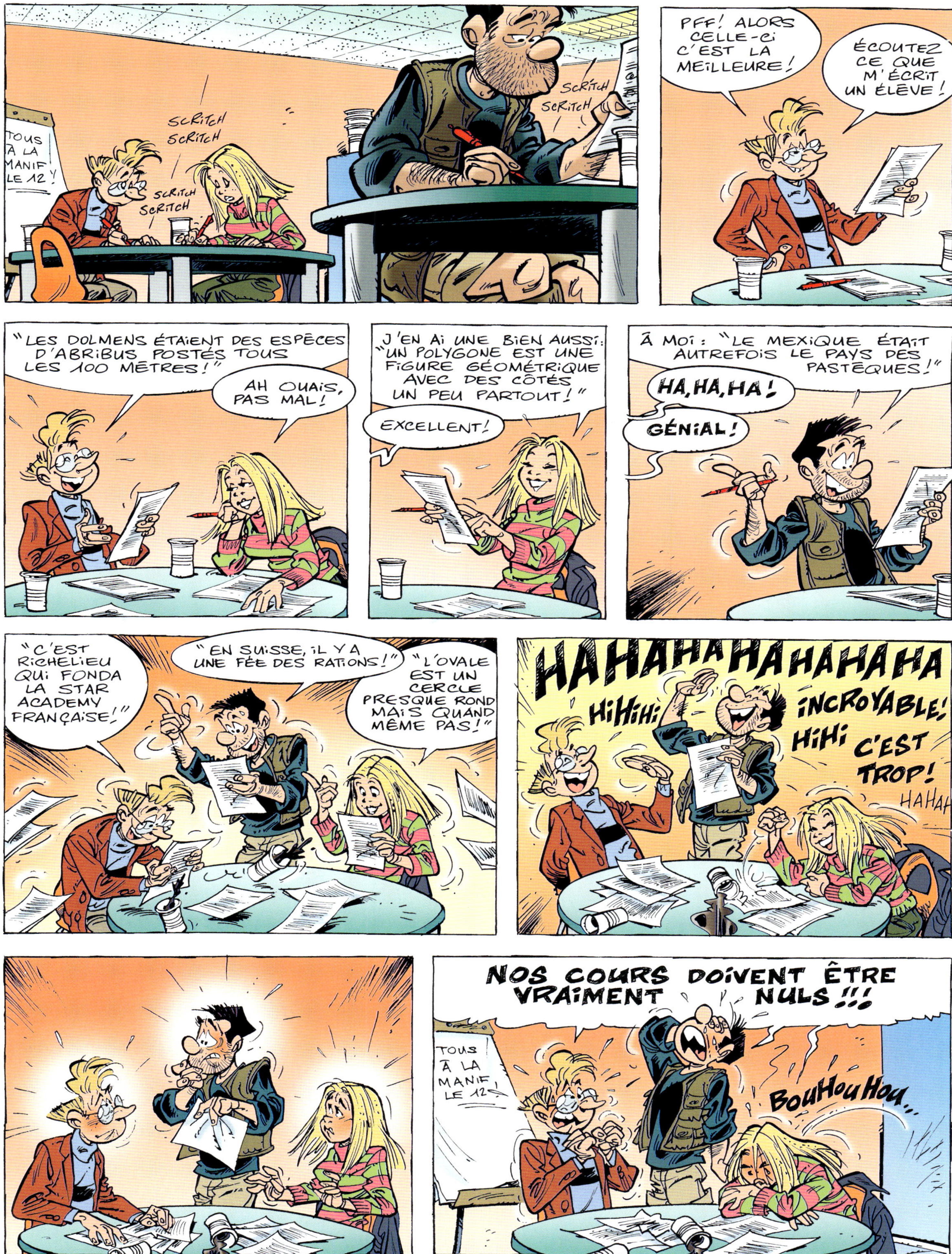

TOUTES CES "PERLES" SONT AUTHENTIQUES ! (MERCI À EVA)

PICA 06 + ERROC

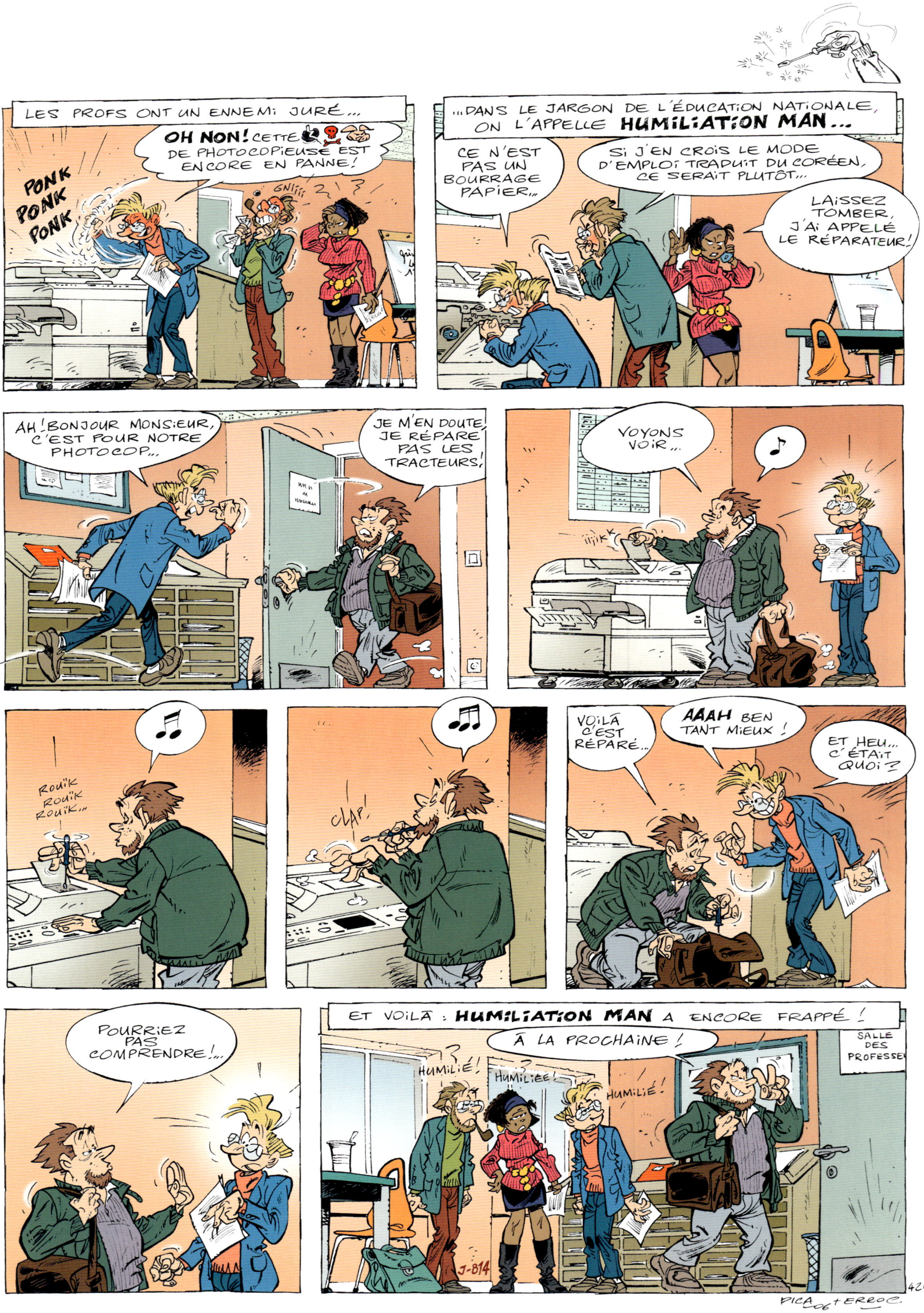
LES PROFS ONT UN ENNEMI JURÉ...
OH NON! CETTE DE PHOTOCOPIEUSE EST ENCORE EN PANNE!
PONK PONK PONK
GNI!!!
...DANS LE JARGON DE L'ÉDUCATION NATIONALE, ON L'APPELLE HUMILIATION MAN...
CE N'EST PAS UN BOURRAGE PAPIER...
SI J'EN CROIS LE MODE D'EMPLOI TRADUIT DU CORÉEN, CE SERAIT PLUTÔT...
LAISSEZ TOMBER, J'AI APPELÉ LE RÉPARATEUR!
AH! BONJOUR MONSIEUR, C'EST POUR NOTRE PHOTOCOP...
JE M'EN DOUTE, JE RÉPARE PAS LES TRACTEURS!
VOYONS VOIR...
IIIIK
ROUÏK ROUÏK ROUÏK...
CLAP!
VOILÀ C'EST RÉPARÉ...
AAAH BEN TANT MIEUX!
ET HEU... C'ÉTAIT QUOI?
POURRIEZ PAS COMPRENDRE!...
ET VOILÀ : HUMILIATION MAN A ENCORE FRAPPÉ!
À LA PROCHAINE!
SALLE DES PROFESSE
HUMILIÉ!
HUMILIÉE!
HUMILIÉ!
J-814
PICA 06 + ERROC

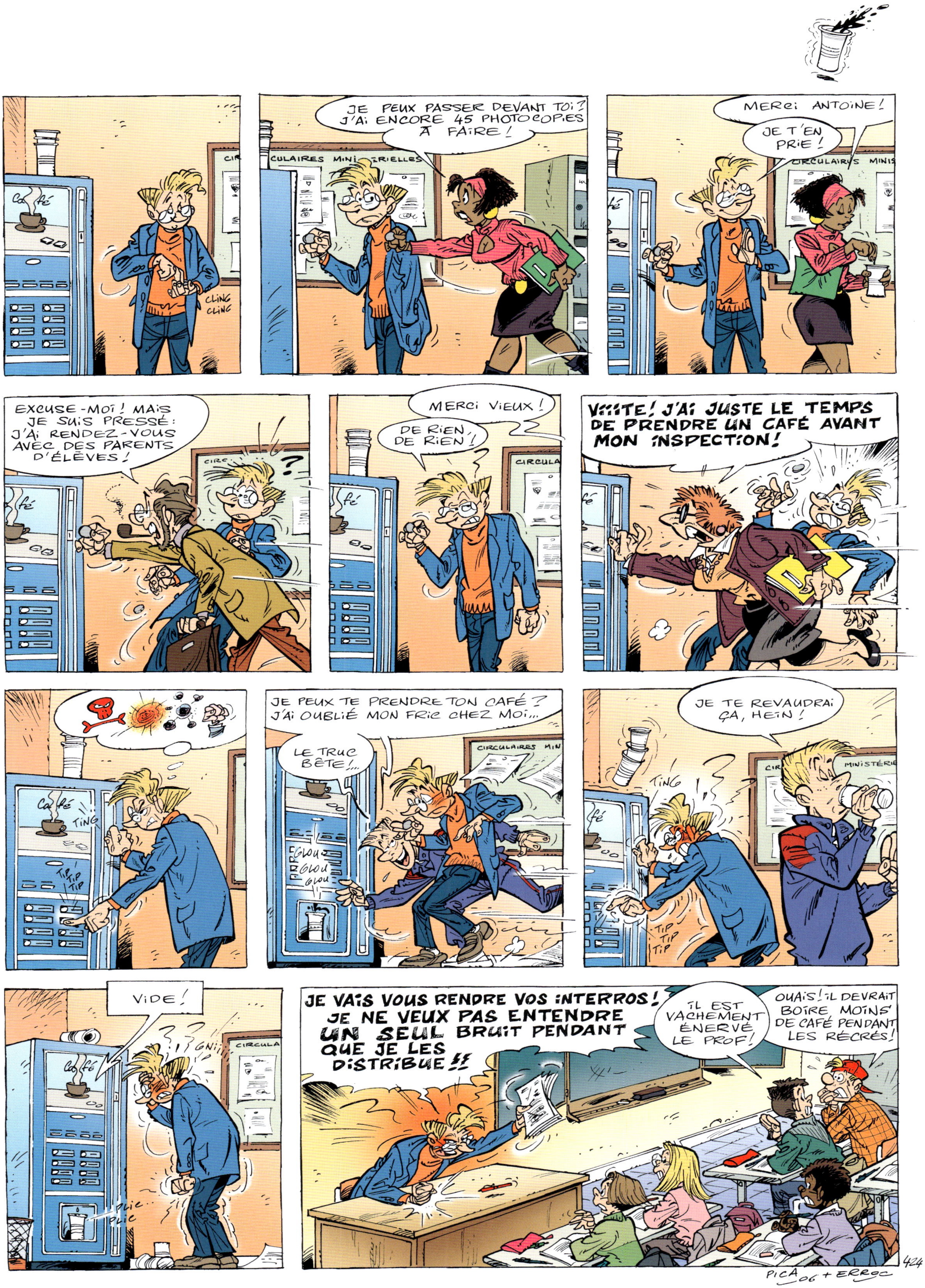
Café
CLING CLING
JE PEUX PASSER DEVANT TOI? J'AI ENCORE 45 PHOTOCOPIES À FAIRE!
MERCI ANTOINE!
JE T'EN PRIE!
EXCUSE-MOI! MAIS JE SUIS PRESSÉ: J'AI RENDEZ-VOUS AVEC DES PARENTS D'ÉLÈVES!
MERCI VIEUX!
DE RIEN DE RIEN!
VIIITE! J'AI JUSTE LE TEMPS DE PRENDRE UN CAFÉ AVANT MON INSPECTION!
Café
TING
TIP TIP TIP
JE PEUX TE PRENDRE TON CAFÉ? J'AI OUBLIÉ MON FRIC CHEZ MOI...
LE TRUC BÊTE!...
GLOU GLOU GLOU
CIRCULAIRES MIN
JE TE REVAUDRAI ÇA, HEIN!
TING
TIP TIP TIP
VIDE!
GNII
Café
PLIC PLIC
CIRCULA
JE VAIS VOUS RENDRE VOS INTERROS! JE NE VEUX PAS ENTENDRE UN SEUL BRUIT PENDANT QUE JE LES DISTRIBUE!!
IL EST VACHEMENT ÉNERVÉ LE PROF!
OUAIS! IL DEVRAIT BOIRE MOINS DE CAFÉ PENDANT LES RÉCRÉS!
424
PICA 06 + ERROC

SALUT !
SALUT !
ÇA S'EST BIEN PASSÉ, TON COURS ?
TRÉÉÉS BIEN !
J'AI AVOUÉ AUX ÉLÈVES MA LIAISON AVEC ÉRIC, LE PROF D'EPS...
JE LEUR AI AUSSI PARLÉ DE MON HISTOIRE AVEC POLOCHON ET DE SA PASSION ÉTOUFFANTE !...
D'AILLEURS, QUAND JE L'AI QUITTÉ POUR MAURICE, IL A TENTÉ DE SE SUICIDER EN AVALANT UNE BOÎTE DE CRAIES...
JE LEUR AI EXPLIQUÉ QUE J'AVAIS BESOIN DE FAIRE UNE PAUSE APRÈS MON AVENTURE TORRIDE AVEC LE CPE...
... DÉJÀ QUE JE DOIS FAIRE FACE À CET AMOUR DÉMENTIEL DU PROVISEUR ET DU CONCIERGE QUI N'ARRÊTENT PAS DE M'ENVOYER DES SMS ENFLAMMÉS !
BEN DIS DONC ! T'AS UNE VIE DRÔLEMENT MOUVEMENTÉE !
QUAND JE PENSE À LA MIENNE !
AH NON MAIS JE TE RASSURE : TOUT ÇA EST ABSOLUMENT FAUX !...
... MAIS C'EST LE SEUL TRUC QUE J'AI TROUVÉ POUR QUE LES ÉLÈVES SOIENT ATTENTIFS PENDANT MON COURS !...
486
PICA 08 + ERROC

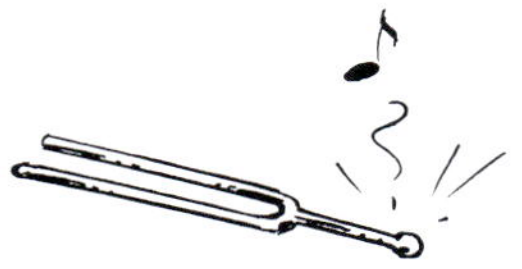

BON: ON VA VOIR SI VOUS ÊTES PRÊTS...
ANTOINE, VAS-Y, COMMENCE...
HUM...
♪LALALIiiii:LALAAA♪
PAS MAL! AMINA...
♪LALALiiiiLALAAAA♪
TRÈS BIEN! ATTENTION, TOUS ENSEMBLE!
♪LALALiiiiiiiiLALALAAAAAA♪
NON! NON! STOP! ARRÊTEZ!
LALALiiiiLA
GLADYS, ÇA NE VA PAS DU TOUT! C'EST INSUPPORTABLE! TU NE PEUX PAS VENIR AVEC NOUS, DÉSOLÉ!
OUATE?
BON! C'EST L'HEURE! ALLONS-Y!
JE LE TROUVE PÉNIBLE AVEC SON SENS DU DÉTAIL...
NON, NON, IL A RAISON!
♪LE MINISTRE ♪T'ES FOUTU! ♪TES PROFS SONT DANS LA RUE!!♪
RAS-LE-BOL!
MARRE!
PAS CONTENTS
DÉJÀ QU'ON NOUS REPROCHE D'ÊTRE TOUJOURS EN GRÈVE...
SI, EN PLUS, ON CHANTAIT FAUX!
PICA 06 TERROC

♪
CLIC!
grève le 12!
FRTTTT
FRTTTTT
FRTTTTT...
?
FFRRTTTT
FRRTTT
FR
CHTOK
CRR
OH NON!
PAS LA PANNE!
J'AI EU UNE MATINÉE TRÈS DIFFICILE, TU SAIS...
J'AVAIS LA TERMINALE S1!
ILS SONT TELLEMENT NULS, SI TU SAVAIS! UN ÉLÈVE M'A MÊME DEMANDÉ SI PLATON ÉCRIVAIT DES SCÉNARIOS POUR LA TÉLÉ...
...ET LÀ J'AI COURS DANS DEUX MINUTES ET JE N'AI MÊME PAS EU LE TEMPS DE ME PRENDRE MON PETIT CAFÉ LONG SUCRÉ!
ALORS TU NE PEUX PAS ME FAIRE ÇA! S'IL TE PLAÎÎÎT!
CRRR
CHHTTOK
FRRTTTT
FRRRTTTT
FRRRTTT
FRRTTT
FRRT
TAP! TAP!
SNIF
BRAVE PETITE!
IL FAIT PARTIE DE CETTE CATÉGORIE TRÈS RARE DE VIEUX PROFS QUI SAVENT PARLER AUX PHOTOCOPIEUSES!
??
?
?
??
Café
447
PICA 07 + ERROC

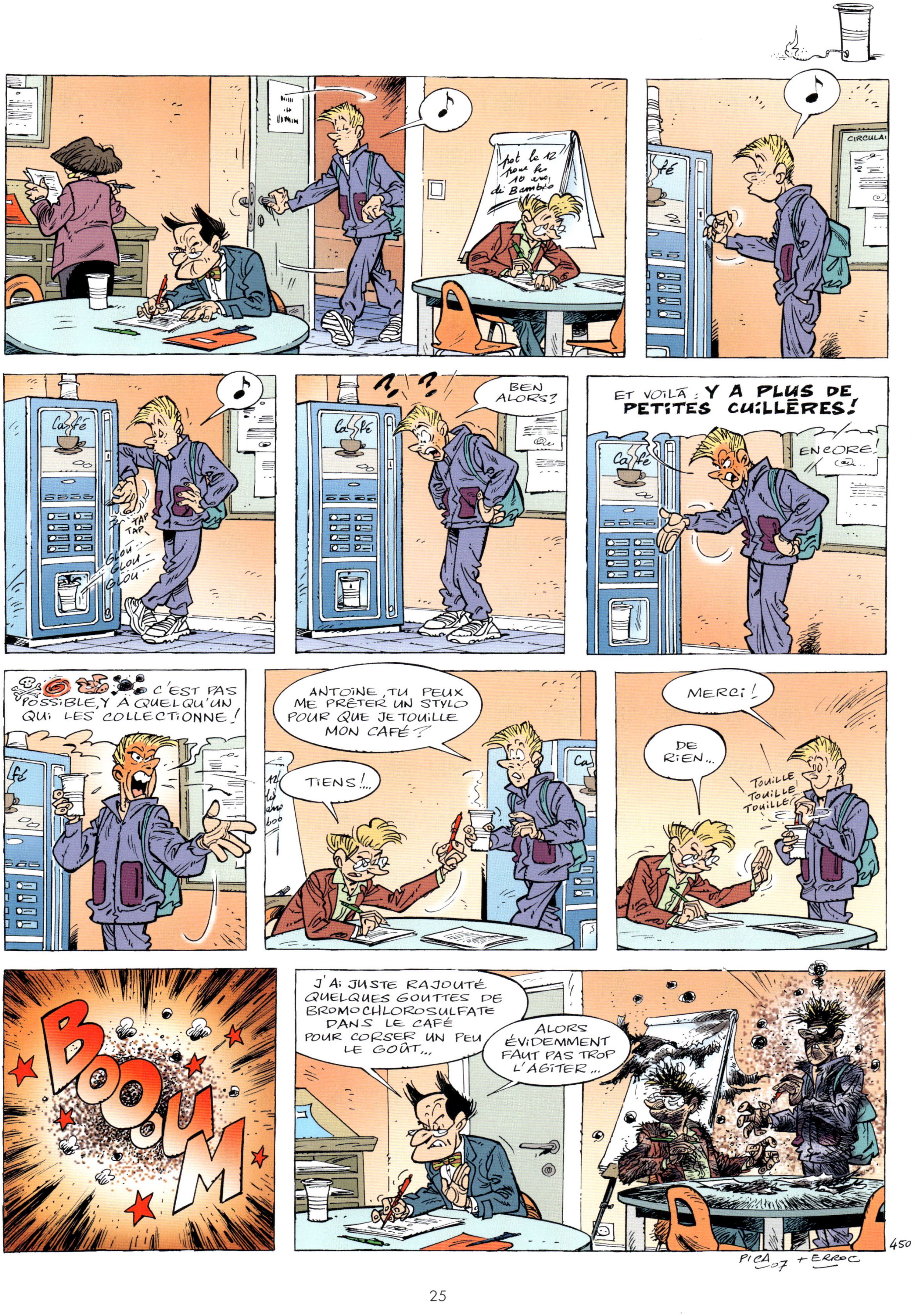

TAP TAP
GLOU GLOU GLOU
BEN ALORS?
ET VOILÀ : Y A PLUS DE PETITES CUILLÈRES!
ENCORE!
C'EST PAS POSSIBLE, Y A QUELQU'UN QUI LES COLLECTIONNE!
ANTOINE, TU PEUX ME PRÊTER UN STYLO POUR QUE JE TOUILLE MON CAFÉ?
TIENS!...
MERCI!
DE RIEN...
TOUILLE TOUILLE TOUILLE
BOOOUM
J'AI JUSTE RAJOUTÉ QUELQUES GOUTTES DE BROMOCHLOROSULFATE DANS LE CAFÉ POUR CORSER UN PEU LE GOÛT...
ALORS ÉVIDEMMENT FAUT PAS TROP L'AGITER...
450
PICA 07 + ERROC

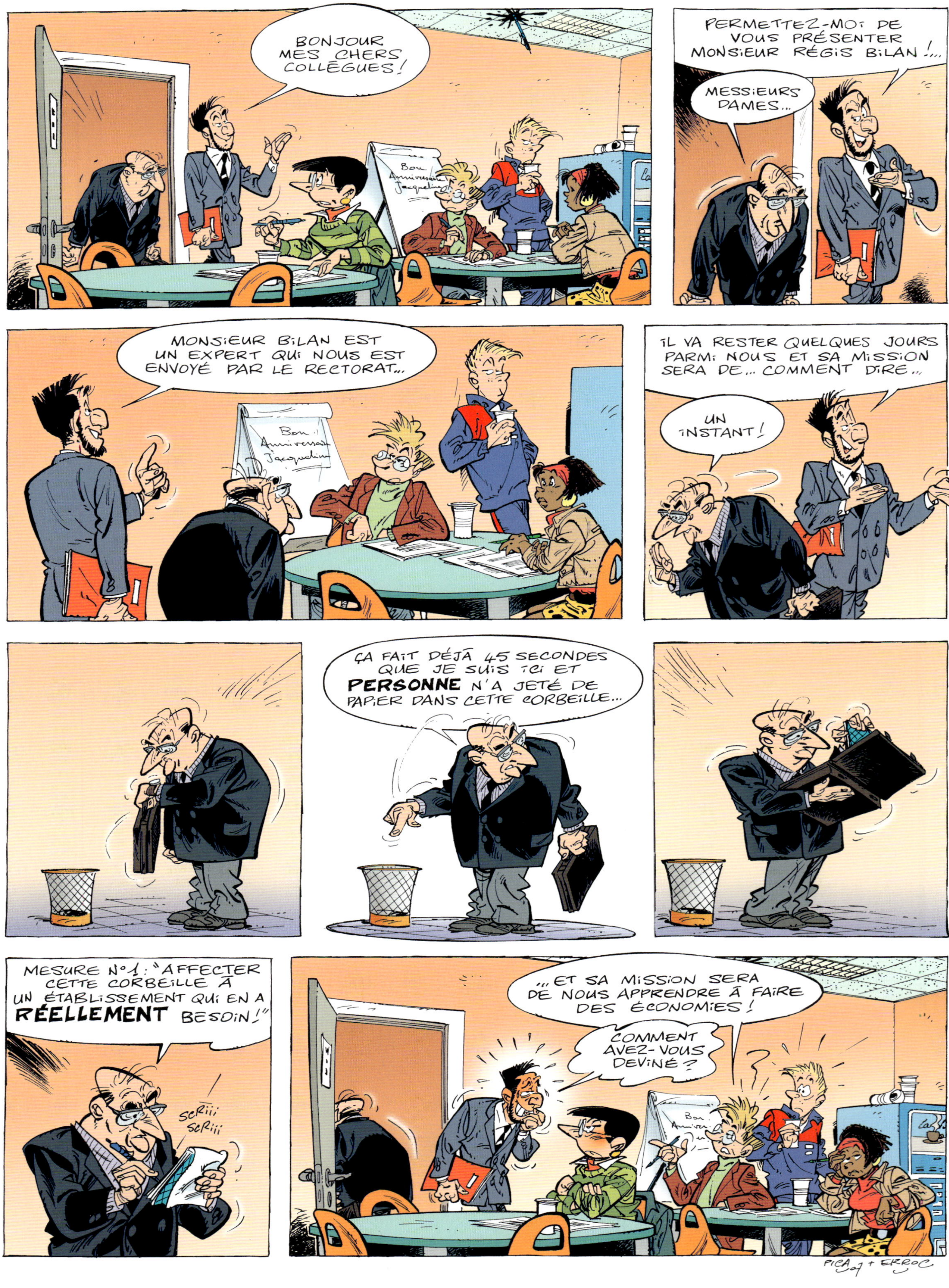
BONJOUR MES CHERS COLLÈGUES !
PERMETTEZ-MOI DE VOUS PRÉSENTER MONSIEUR RÉGIS BILAN !...
MESSIEURS DAMES...
Bon Anniversaire Jacqueline
MONSIEUR BILAN EST UN EXPERT QUI NOUS EST ENVOYÉ PAR LE RECTORAT...
IL VA RESTER QUELQUES JOURS PARMI NOUS ET SA MISSION SERA DE... COMMENT DIRE...
UN INSTANT !
ÇA FAIT DÉJÀ 45 SECONDES QUE JE SUIS ICI ET PERSONNE N'A JETÉ DE PAPIER DANS CETTE CORBEILLE...
MESURE N°1 : "AFFECTER CETTE CORBEILLE À UN ÉTABLISSEMENT QUI EN A RÉELLEMENT BESOIN !"
SCRIII SCRIII
...ET SA MISSION SERA DE NOUS APPRENDRE À FAIRE DES ÉCONOMIES !
COMMENT AVEZ-VOUS DEVINÉ ?
454
PICA + ERROC

12/20 7/20 2/20 9/20 5/20 18/20
C'EST UNE HONTE !
VOUS SAVEZ CE QUE JE VIENS D'APPRENDRE ?
NON, MAIS JE SENS QU'ON NE VA PAS TARDER À LE SAVOIR...
IL EXISTE UN SITE INTERNET SUR LEQUEL LES ÉLÈVES PEUVENT NOTER LEURS PROFS ! ÇA S'APPELLE : "peumieufaire.com" !!
ON NAGE EN PLEIN DÉLIRE, LÀ !
ALLONS PAUL CALME-TOI !
SI ÇA LES AMUSE, CE N'EST PAS GRAVE !
MOI, POUR ÊTRE FRANC, JE M'EN FOUS COMPLÈTEMENT !
VOUS ÊTES INCONSCIENTS, OU QUOI ?
SI ÇA CONTINUE COMME ÇA, LES ÉLÈVES NOUS FERONT BIENTÔT PASSER DES EXAMENS ET DÉCIDERONT DE NOS MUTATIONS !
À MON AVIS, IL FAUT TRAITER ÇA PAR LE MÉPRIS !
J'AI UNE RÉUNION SYNDICALE CE SOIR ! ON NE PEUT PAS LAISSER PASSER UN TRUC PAREIL !
CLAC !
QUOI ? ILS M'ONT MIS 8 SUR 20 ? MAIS JE MÉRITE PLUS !
J'AI 18 SUR 20 ! AAAH ! JE LES AIME, CES GAMINS !
ET MOI ? JE NE SUIS MÊME PAS NOTÉE ! POURQUOI ? HEIN ? POURQUOI ?
TIP TIP TIP
473
PICA 08 + ERROC

TSOING

Aujourd'hui RIEN
Aujourd'hui RIEN
Aujourd'hui RIEN
FRRT FRRT FRRT
TIENS, ALORS ÇA C'EST MARRANT...
HMM? QUOI DONC?
EN REGARDANT MON AGENDA, JE REMARQUE UN TRUC...
CLAP!
ÇA FAIT PLUS DE DEUX MOIS QU'ON N'A PAS EU DE RÉUNION SYNDICALE!
JE L'AI FAIT EXPRÈS! POUR VOIR SI ÇA VOUS MANQUAIT!
ET JE CONSTATE QUE ÇA VOUS MANQUE!
HAHA!
MERCI À VOUS D'ÊTRE VENUS SI NOMBREUX POUR LE RETOUR DES RÉUNIONS SYNDICALES!
QUAND EST-CE QUE TU DEMANDES TA MUTATION, ANTOINE?
479
PICA 08 + ERROC

SALUT !
SALUT !
UN PETIT GÂTEAU ?
NON MERCI, JE N'AI PAS ENVIE DE DEVENIR GROSSE COMME TOI !
HUM... QUELQUE CHOSE ME DIT QUE TU AS PASSÉ UNE MAUVAISE JOURNÉE...
ÇA, TU PEUX LE DIRE !
AUJOURD'HUI, TOUS LES ÉLÈVES SONT ARRIVÉS À L'HEURE !
JE N'AI EXCLU PERSONNE DE MON COURS !
ILS ONT ÉTÉ ATTENTIFS ! IL Y EN A MÊME UN QUI A POSÉ UNE QUESTION PERTINENTE !
PAS UN INCIDENT ! PAS UN ACCROC ! RIEN !
LE COURS PÉPÈRE !
TAP! TAP!
BEN... HEU... TU DEVRAIS ÊTRE PLUTÔT CONTENTE ALORS, NON ?
MAIS ENFIN TU NE TE RENDS PAS COMPTE !...
QU'EST-CE QUE JE VAIS RACONTER SUR MON BLOG ??
BOUHOUHOU !
530
PICA + ERROC

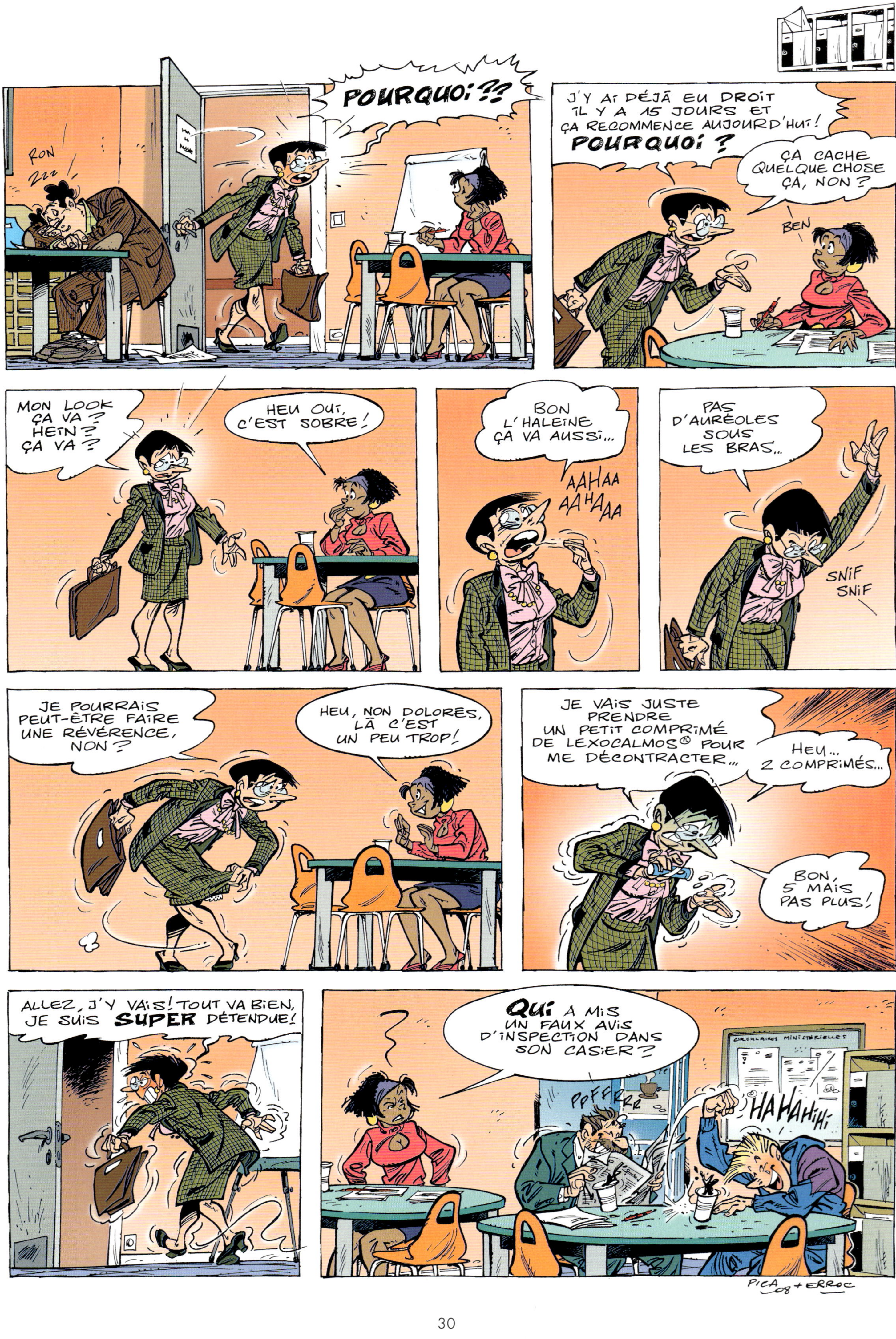

RON ZZZ
POURQUOI ?!?
J'Y AI DÉJÀ EU DROIT IL Y A 15 JOURS ET ÇA RECOMMENCE AUJOURD'HUI ! POURQUOI ?
ÇA CACHE QUELQUE CHOSE ÇA, NON ?
BEN
MON LOOK ÇA VA ? HEIN ? ÇA VA ?
HEU OUI, C'EST SOBRE !
BON L'HALEINE ÇA VA AUSSI...
AAHAA AAHAAA
PAS D'AURÉOLES SOUS LES BRAS...
SNIF SNIF
JE POURRAIS PEUT-ÊTRE FAIRE UNE RÉVÉRENCE, NON ?
HEU, NON DOLORES, LÀ C'EST UN PEU TROP !
JE VAIS JUSTE PRENDRE UN PETIT COMPRIMÉ DE LEXOCALMOS® POUR ME DÉCONTRACTER...
HEU... 2 COMPRIMÉS...
BON, 5 MAIS PAS PLUS !
ALLEZ, J'Y VAIS ! TOUT VA BIEN, JE SUIS SUPER DÉTENDUE !
QUI A MIS UN FAUX AVIS D'INSPECTION DANS SON CASIER ?
PPFFRRR
HAHAHIHI
CIRCULAIRES MINISTÉRIELLES
494
PICA 08 + ERROC

ALORS ?
YEEAAAAHH
OïYOïYOOOïOYOYOïOO
BOM BOM BOM
BOM BOM BOM
TAM TAM TAM
TAM TAM TAM
HAHAHAHAHAHAHAHAHA
SMACK
SALLE DES PROFESSEURS
BON ÇA VA...
... SON PREMIER COURS S'EST BIEN PASSÉ !
♪ I WILL SURVIVE ♫
PICA 09 TERROC.

BONJOUR MES CHERS COLLÈGUES !
JE VIENS DE RECEVOIR UNE NOUVELLE DIRECTIVE MINISTÉRIELLE !...
PAS POSSIBLE ?
QUEL BONHEUR !
ARRÊTEZ, JE SENS QUE JE VAIS PLEURER !
JE PERÇOIS UNE LÉGÈRE TENDANCE À LA MOQUERIE DANS VOS RÉACTIONS, SACHEZ POURTANT QU'IL S'AGIT D'UN SUJET TRÈS IMPORTANT !
LA MOTIVATION !
ALORS LÀ, ON VOUS ÉCOUTE !
ON ME DEMANDE DE TOUT METTRE EN ŒUVRE POUR DONNER ENVIE DE TRAVAILLER AUX ENSEIGNANTS COMME AUX ÉLÈVES !
TOUT ÇA C'EST BIEN GENTIL, MAIS C'EST LE BLABLA HABITUEL ! CONCRÈTEMENT, RIEN NE VA CHANGER !
AH PARDON, MAIS LE CHANGEMENT EST DÉJÀ EN MARCHE !
C'EST-À-DIRE ?
EH BIEN PAR EXEMPLE, J'AI LÉGÈREMENT MODIFIÉ LA SONNERIE DE LA REPRISE DES COURS
ÇA VA BIENTÔT SONNER, ÉCOUTEZ !
ÉCOUTEZ !!!
HÉHO HÉHO ON RETOURNE AU BOULOT HÉHO HÉHO
MOTIVANT, NON ?
DANS DEUX ANS JE SUIS À LA RETRAITE...
ÇA, C'EST SUPER MOTIVANT !
TAP TAP
PICA + ERROC

RENTRÉE!!
BONJOUR LES AMIS !
SALUT ANTOINE !
SALUT ANTOINE !
Aujourd'hui RENTRÉE !
ALORS ? PRÊT POUR ATTAQUER CETTE RENTRÉE ?
AH OUAIS ! J'AI UNE PÊCHE D'ENFER !
MOI, JE SENS QUE ÇA VA ÊTRE UNE SUPER ANNÉE.
MOI AUSSI !
ON EST TELLEMENT MOTIVÉS QUE LES ÉLÈVES LE SERONT AUSSI, C'EST NORMAL !
MAIS OUI ! L'ENTHOUSIASME, C'EST CONTAGIEUX !
Café
J'AI PLEIN D'IDÉES GÉNIALES POUR BOOSTER MES COURS CETTE ANNÉE !
MOI AUSSI ! J'AI PRIS DES NOTES TOUTE LA NUIT !
C'EST FORMIDABLE !
ALLEZ ! UN BON CAFÉ, ET EN PISTE !
AAAH ! COMME J'AI HÂTE DE REPRENDRE LE BOULOT !
BON OK, ÇA VA, ARRÊTEZ, ON N'Y CROIT PAS !
T'AS RAISON : LA MÉTHODE COUÉ, C'EST DU BIDON !
OUI, FAUT VOIR LES CHOSES EN FACE...
ÇA VA ÊTRE UNE ANNÉE GALÈRE, COMME D'HABITUDE !
PICA 10 + ERROC 589

SALUT...
ÇA VA PAS ?
NON... C'EST MON FILS AÎNÉ QUI ME CAUSE BEAUCOUP DE SOUCI...
AH BON ? QU'EST-CE QU'IL A ?
IL VEUT DEVENIR PROF !!!
AÏE ! TU AS ESSAYÉ DE LE DISSUADER ?
MAIS BIEN SÛR ! ET SON PÈRE AUSSI ! MAIS, À 18 ANS, ILS SONT TÊTUS LES GAMINS !
ENFIN QUOI, QU'EST-CE QUE J'AI FAIT POUR MÉRITER ÇA !
BEN...
HEIN ?
IL DIT QU'IL A LA VOCATION, QU'IL VEUT ÊTRE UTILE AUX AUTRES ET GNAGNAGNA...
RÉSULTAT ? TOUTE SA VIE, MON FILS SERA UN LOSER !!!
JE SAIS CE QU'IL ME RESTE À FAIRE ! JE NE VOULAIS PAS EN ARRIVER À DE TELLES EXTRÉMITÉS MAIS IL NE ME LAISSE PAS LE CHOIX...
AH OUAIS, C'EST VIOLENT, MAIS RADICAL !
JE VAIS LUI MONTRER MON BULLETIN DE SALAIRE !
ENCORE EN PANNE !!
569
PICA 11 + MAURICET + ERROC

Une lutte sans MERCI !!
LE COURS A ÉTÉ ÉPUISANT ET LE PROF N'A QU'UNE IDÉE EN TÊTE...
SE VAUTRER LANGOUREUSEMENT DANS UN DES FAUTEUILS DE LA SALLE DES PROFS PENDANT LA RÉCRÉ !
SALLE DES PROFESSEURS
MAIS ÉVIDEMMENT, IL N'Y A JAMAIS UNE SEULE PLACE DE LIBRE !
GGRRRRR
BLA BLA
BLA BLA BLA
BLA BLA BLA BLA
BLA BLA
FACE À L'ADVERSITÉ, LE PROF DISPOSE DE PLUSIEURS TECHNIQUES !
AUJOURD'HUI, JE M'ASSOIS !
TECHNIQUE N°1 : LA MOINS SUBTILE...
DÉGAGE ! C'EST MA PLACE !!
TECHNIQUE N°2 : S'ASSEOIR SUR LES GENOUX DE SON COLLÈGUE...
AAAH ON EST BIEN, LÀ !
QU'EST-CE QUE TU EN PENSES ?
TECHNIQUE N°3 : LE COUP DU CAFÉ...
SALUT ANTOINE ! JE TE PAIE UN CAFÉ ?
ÇA NE T'ENNUIE PAS D'ALLER LE CHERCHER ? JE SUIS UN PEU CHARGÉ...
... ET QUAND LE COLLÈGUE REVIENT !
HIN HIN HIN...
DAMNED ! JE ME SUIS FAIT AVOIR COMME UN DÉBUTANT !

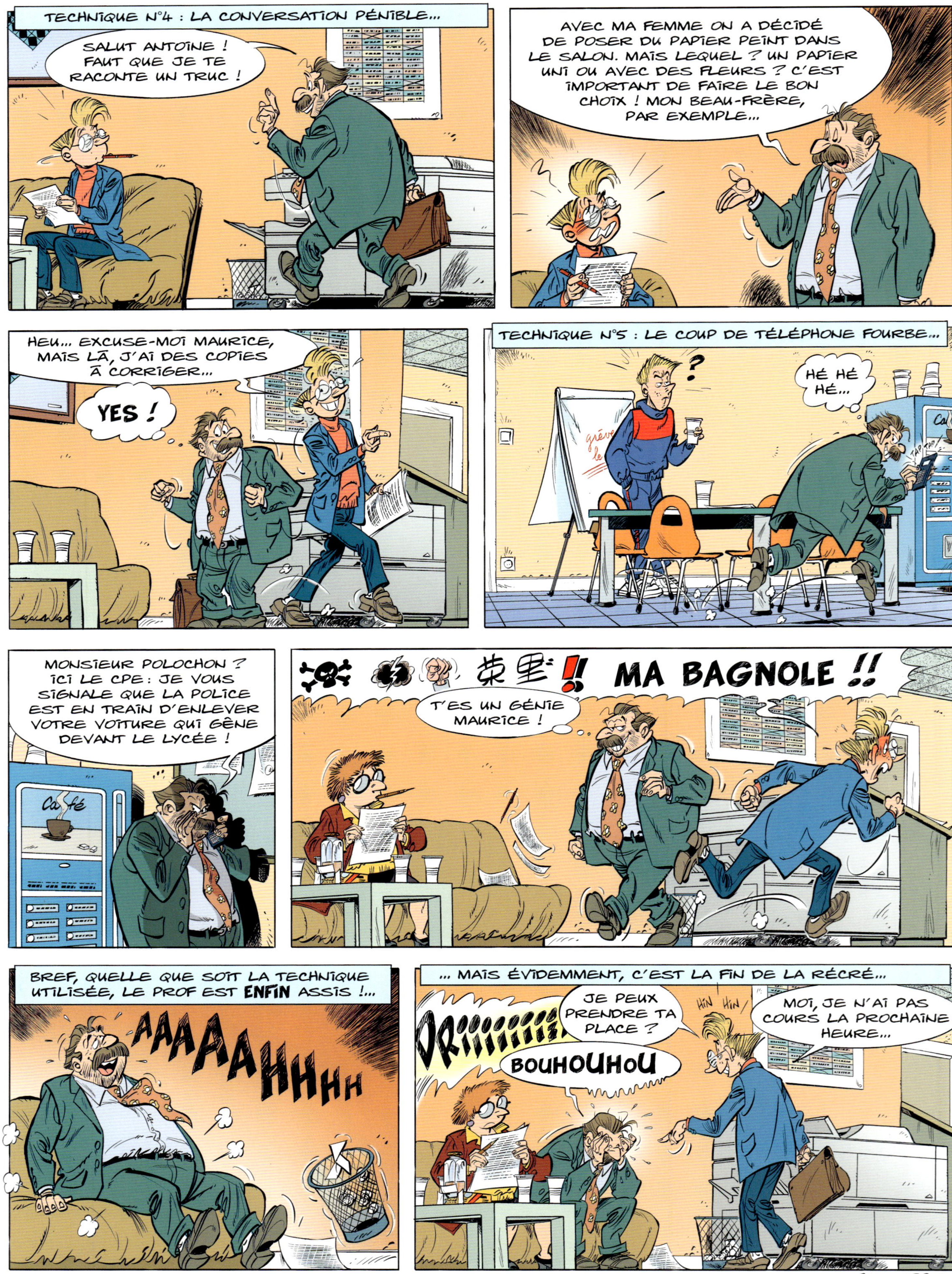
TECHNIQUE N°4 : LA CONVERSATION PÉNIBLE...
SALUT ANTOINE ! FAUT QUE JE TE RACONTE UN TRUC !
AVEC MA FEMME ON A DÉCIDÉ DE POSER DU PAPIER PEINT DANS LE SALON. MAIS LEQUEL ? UN PAPIER UNI OU AVEC DES FLEURS ? C'EST IMPORTANT DE FAIRE LE BON CHOIX ! MON BEAU-FRÈRE, PAR EXEMPLE...
HEU... EXCUSE-MOI MAURICE, MAIS LÀ, J'AI DES COPIES À CORRIGER...
YES !
TECHNIQUE N°5 : LE COUP DE TÉLÉPHONE FOURBE...
?
HÉ HÉ HÉ...
MONSIEUR POLOCHON ? ICI LE CPE : JE VOUS SIGNALE QUE LA POLICE EST EN TRAIN D'ENLEVER VOTRE VOITURE QUI GÊNE DEVANT LE LYCÉE !
MA BAGNOLE !!
T'ES UN GÉNIE MAURICE !
BREF, QUELLE QUE SOIT LA TECHNIQUE UTILISÉE, LE PROF EST ENFIN ASSIS !...
AAAAAHHHHH
... MAIS ÉVIDEMMENT, C'EST LA FIN DE LA RÉCRÉ...
DRIIIIIIIIIING
JE PEUX PRENDRE TA PLACE ?
HIN HIN
MOI, JE N'AI PAS COURS LA PROCHAINE HEURE...
BOUHOUHOU
PICA 10 ERROC

SALLE DES PROFESSEURS
BONJOUR MES CHERS COLLÈGUES !
JE VOUS RAPPELLE QUE NOUS AVONS UNE RÉUNION À 18 HEURES !...
ALORS ÇA, C'EST LA MEILLEURE !
LES PROVISEURS DE LYCÉE VONT TOUCHER UNE PRIME ! ELLE SERA PLUS OU MOINS ÉLEVÉE EN FONCTION DES RÉSULTATS DE LEUR ÉTABLISSEMENT !
?
OUI, J'AI LU ÇA, MOI AUSSI ! JE TROUVE QUE C'EST UNE EXCELLENTE INITIATIVE !
BEN VOYONS !
IL EST NORMAL DE RÉCOMPENSER LES CHEFS D'ÉTABLISSEMENT COMPÉTITIFS !
VOUS NOUS PAYEREZ UN POT AVEC VOTRE PRIME, J'ESPÈRE !
EXCUSEZ-MOI !
AH ! C'EST JUSTEMENT UN SMS DU RECTORAT À PROPOS DE CETTE FAMEUSE PRIME !
ALORS ? VOUS TOUCHEZ LE GROS PACTOLE ?
COMBIEN ? COMBIEN ?
VU LES RÉSULTATS DE NOTRE LYCÉE, C'EST MOI QUI LEUR DOIS DE L'ARGENT !
CAFÉ
PICA + MAURICET + ERROC

BON, VOUS ÊTES PRÊTS ?
OUI !
ABSOLUMENT !
VOUS ALLEZ ME CITER DES MOTS COMMENÇANT PAR "PHOTO" ! DES MOTS EXISTANTS, BIEN SÛR.. LE PREMIER QUI SÈCHE A PERDU !
C'EST PARTI !
PHOTOGRAVURE !
PHOTOGRAPHE !
PHOTOSYNTHÈSE !
PHOTOMATON !
PHOTOCOMPOSITION !
PHOTO-ÉLECTRIQUE !
PHOTOCRO...
PHOTOPLU...
PHOTOTYPOLO...
HEU...
JE... JE NE SAIS PLUS !
BOUHOUHOUUU
HAHAHA ! JE SUIS UN WINNEUR !
DÉSOLÉ DOLORÈS ! TU T'ES POURTANT BIEN BATTUE !
SNIF !
FRRTTT
FRRRTTT
FRTT
?
QUAND IL N'Y A PRESQUE PLUS DE PAPIER DANS LA PHOTOCOPIEUSE, ON EST OBLIGÉS DE FAIRE DES DUELS POUR SAVOIR QUI VA L'UTILISER !
CAFÉ

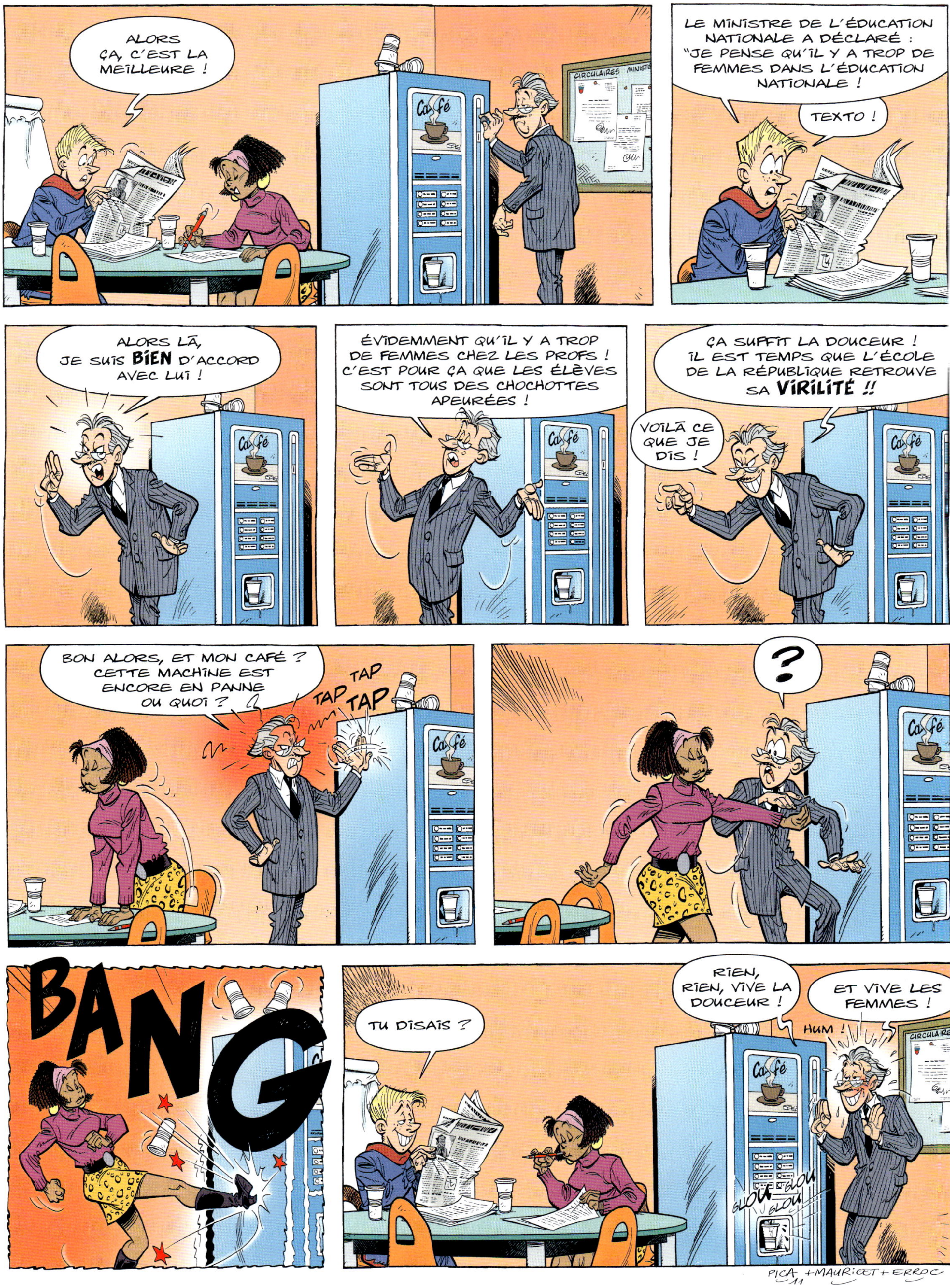

ALORS ÇA, C'EST LA MEILLEURE !
LE MINISTRE DE L'ÉDUCATION NATIONALE A DÉCLARÉ : "JE PENSE QU'IL Y A TROP DE FEMMES DANS L'ÉDUCATION NATIONALE !
TEXTO !
ALORS LÀ, JE SUIS **BIEN** D'ACCORD AVEC LUI !
ÉVIDEMMENT QU'IL Y A TROP DE FEMMES CHEZ LES PROFS ! C'EST POUR ÇA QUE LES ÉLÈVES SONT TOUS DES CHOCHOTTES APEURÉES !
ÇA SUFFIT LA DOUCEUR ! IL EST TEMPS QUE L'ÉCOLE DE LA RÉPUBLIQUE RETROUVE SA **VIRILITÉ !!**
VOILÀ CE QUE JE DIS !
BON ALORS, ET MON CAFÉ ? CETTE MACHINE EST ENCORE EN PANNE OU QUOI ?
TAP TAP TAP
?
BANG
TU DISAIS ?
RIEN, RIEN, VIVE LA DOUCEUR !
HUM !
ET VIVE LES FEMMES !
GLOU GLOU GLOU
565
PICA + MAURICET + ERROC 11

HOLÁ ! J'AI COURS DANS UNE DEMI-HEURE !
Apéro Steven à 18 H
JE SUIS SUPER ÉNERVÉE ! JE VAIS PRENDRE UN PETIT LEXOCALMYL® POUR ME DÉTENDRE...
LE PROBLÈME, C'EST QUE LE LEXOCALMYL®, ÇA ME DONNE DES NAUSÉES...
JE VAIS PRENDRE DU PLATRESTOMAK®...
LE PROBLÈME, C'EST QUE LE PLATRESTOMAK®, ÇA ME FILE DES VERTIGES !
JE VAIS PRENDRE DE L'ÉQUILIBRAX 500®...
LE PROBLÈME, C'EST QUE L'ÉQUILIBRAX 500®, ÇA M'ASSÈCHE LA GORGE !
JE VAIS PRENDRE UN COMPRIMÉ DE SALIVOX®...
LE PROBLÈME, C'EST QUE LE SALIVOX®, ÇA A TENDANCE À M'ÉNERVER !
Apéro Steven à 18 H
JE VAIS PRENDRE UN PETIT LEXOCALMYL® POUR ME DÉTENDRE !
INCROYABLE !
DOLORÈS A INVENTÉ LE MOUVEMENT PERPÉTUEL !
616
PICA 13 + MAURICET + ERROC

?
ALORS ÇA, C'EST DINGUE !
JE VIENS DE LIRE LES RÉSULTATS D'UNE ENQUÊTE...
J'Y CROIS PAS !
87% DES PROFS AMÉRICAINS UTILISENT WIKIPÉDIA POUR PRÉPARER LEURS COURS !
QUOI ? WIKIPÉDIA ? MAIS C'EST N'IMPORTE QUOI !
TOUT LE MONDE SAIT QUE SON CONTENU N'EST ABSOLUMENT PAS FIABLE !
ÇA, C'EST SÛR !
AAAH, ÇA NE M'ÉTONNE PAS DES AMÉRICAINS !
LES PROFS FRANÇAIS SONT BEAUCOUP PLUS RIGOUREUX !
ET COMMENT !
JUSTEMENT, JE ME DEMANDAIS SI ON AVAIT FAIT LA MÊME ENQUÊTE SUR LES PROFS FRANÇAIS !
REGARDONS SUR WIKIPÉDIA !
?
627
PICA + MAURICET + ERROC

POUR BIEN CONNAÎTRE UN PROF, IL SUFFIT DE REGARDER DANS SON CASIER !
APPROCHONS-NOUS ET JETONS UN ŒIL INDISCRET DANS LEUR JARDIN SECRET...
LE CASIER D'AMINA, PROF DE FRANÇAIS, EST NET ET BIEN RANGÉ...
CONJUGAISONS
SYNTAXE
GRAMMAIRE
FRANÇAIS
CELUI DE MAURICE, PROF DE PHILO, EST MOINS NET ET MOINS BIEN RANGÉ...
PHILO NEWS
PLATON
BOF ! 2/20
LE CASIER D'ALBERT, PROF DE CHIMIE, RESSEMBLE UN PEU À SA CLASSE...
CELUI DE PAUL, PROF DE GÉO, CROULE SOUS LES TRACTS SYNDICAUX...
PROFS EN COLÈRE !
NON !
ASSEZ
MOBILISATION LE 12 !
MARRE !
GRÈVE !
NON !
LE CASIER DE GLADYS, PROF D'ANGLAIS, EST PLEIN DE MOTS DOUX DÉPOSÉS PAR LES ÉLÈVES...
M'DAME JE VOUS AIME !
GLADYS THE MONSTER !
LA PROF D'ANGLAIS
NUL
GLADYS
DANS CELUI DE DOLORÈS, PROF D'ESPAGNOL, IL Y A DES PHOTOS DE SES ENFANTS...
FRANÇAIS ESPAGNOL
ESPAGNOL FRANÇAIS
DANS LE CASIER D'ANTOINE, PROF D'HISTOIRE, IL Y A DES PHOTOS DE NAPOLÉON (TRÈS TRÈS RARES !).
12/20
Histoire
ET POUR TERMINER, JETONS UN ŒIL SUR LE CASIER DE SERGE, LE PROF DE... BEN ? IL EST OÙ LE CASIER DE SERGE ?
UN CASIER ? QUEL CASIER ?
AH, MAIS J'EN AI PAS, MOI !
C'EST QUOI ?
CE TYPE EST TROP FORT !
TOTAL RESPECT !
MINISTÉRIEL
CAMIF
370
PICA TERROC

LUTTE DES PROFS :
un combat de tous les instants
LA DROGUE AU LYCÉE
Voilà
Bamboo groupe
LE MINISTRE PRIS POUR CIBLE !
DES SCANDALES !
DES PHOTOS VOLÉES !
SALLE DES PROFESSEURS
DES CONFESSIONS !
J-304
GLADYS
COMMENT ELLE A PRIS DU POIDS !
ANTOINE ET MARIE !
C'est fini ?
RÉUNION SYNDICALE:
Le complot !
SCOOP VOILÀ
CE QUI SE PASSE VRAIMENT DANS LA SALLE DES PROFS !

AMOURS & *Secret*

Antoine et Marie

Le clash !

Il y a **de l'eau dans le gaz** pour le couple le plus célèbre du lycée !

Éric offre un café à Marie :

ELLE ROUGIT !

Antoine cède sa place à Amina devant la photocopieuse :

ELLE ACCEPTE !

L'avis de Maurice ami du couple

« Ah bon, ils se séparent ? Je ne savais même pas qu'ils étaient ensemble… »

LES INDISCRETIONS
inattendues

Un sujet tabou

Les profs se dopent !

Comment supporter des gamins épuisants ? Comment tenir jusqu'aux prochaines vacances ? **C'est simple : à chaque récré une bonne perfusion de café !**

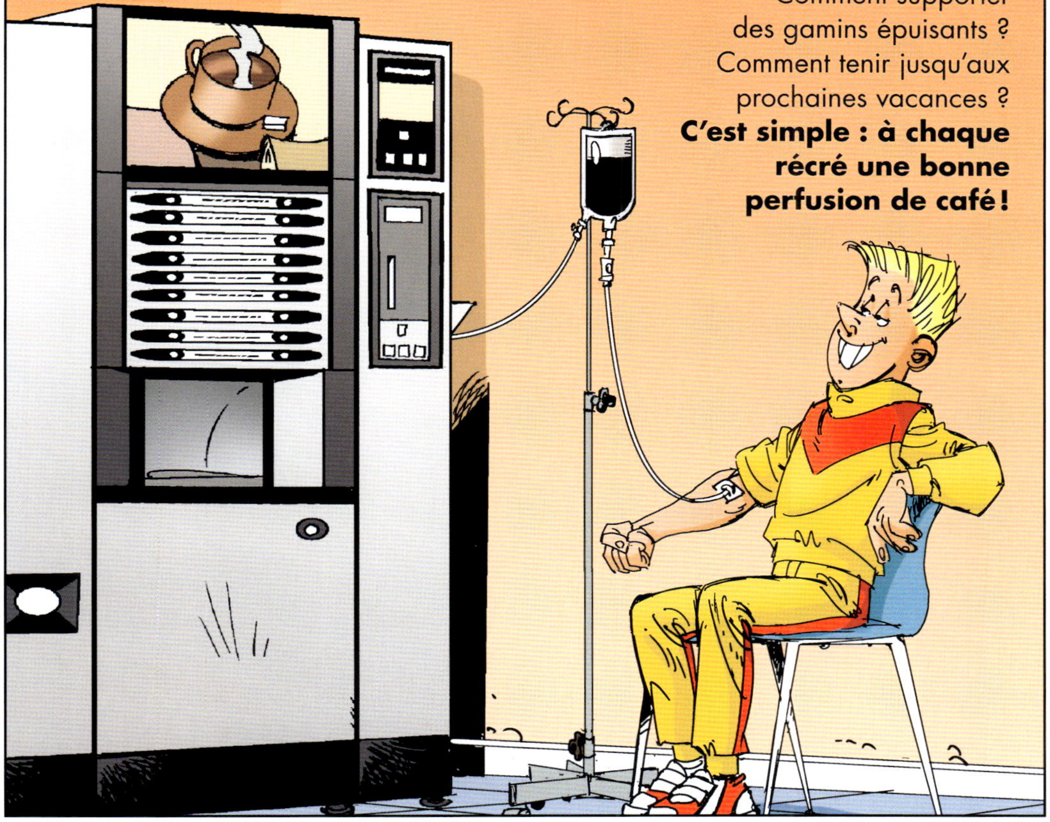

La photo sexy ! 1

Amina qui ouvre son casier.

Gladys, prof d'anglais

« J'ai craqué ! »

Ce matin-là, la photocopieuse est encore en panne : une provocation de trop pour cette enseignante qui décide de réagir virilement.

« Même si elle part à la casse, je ne regrette rien, nous dit Gladys. Elle m'a manqué de respect une fois de trop. »

LES INDISCRETIONS **inattendues**

Dérive

RÉGULIÈREMENT, LES PROFS SE RÉUNISSENT POUR CÉLÉBRER UN RITUEL BIZARRE ET INQUIÉTANT ! ET C'EST À CES GENS-LÀ QUE NOUS CONFIONS **NOS ENFANTS !**

SCANDALE

Le ministre
Pris pour cible !

En salle des profs, les enseignants s'entraînent aux fléchettes sur une photo du **ministre de l'Éducation nationale** !

Et c'est à des gens qui visent aussi mal que nous confions nos enfants ? C'est une honte !

CONFESSION

Antoine P. : Un jour, je n'ai pas corrigé une copie !

Ce prof avait un secret trop lourd à porter, il a donc décidé de parler : « Oui, nous dit-il, un jour où j'avais beaucoup de copies à corriger, j'en ai noté une sans la lire ! Je sais que c'est mal mais je me sens mieux maintenant que j'ai tout avoué ! »

PROCHAINEMENT

La confession bouleversante de Serge T. :
« UN JOUR, J'AI CORRIGÉ UNE COPIE ! »

SECRETS DE BEAUTÉ

Le régime minceur de Gladys !

INCROYABLE : une cure de 3 semaines à base de jus de radis peut vous faire perdre jusqu'à 25 kilos ! En voici la preuve :

Le problème, c'est que Gladys étant allergique au jus de radis, elle a pris 25 kilos en 10 minutes !

Lutte sans merci

En salle des profs, c'est la loi du plus fort !

La salle des profs est une jungle ! Malheur au prof affaibli qui sera une proie facile pour les dangereux prédateurs que sont ses collègues ! Un exemple de cette lutte quotidienne : il n'y a plus qu'une seule feuille dans la photocopieuse ! Qui l'utilisera ? Les profs doivent régler ça au bras de fer !

Antoine et Marie

Ça va mieux !

Après leur brouille récente, ils ont enfin renoué le dialogue : ici, Marie gifle Antoine qui a renversé son café sur ses copies.

Éric

On rêve déjà moins !

Éric est un prof d'EPS svelte et dynamique : toutes les filles sont amoureuses de lui ! Mais lorsqu'il se détend en salle des profs, l'apollon du sifflet est nettement moins glamour :

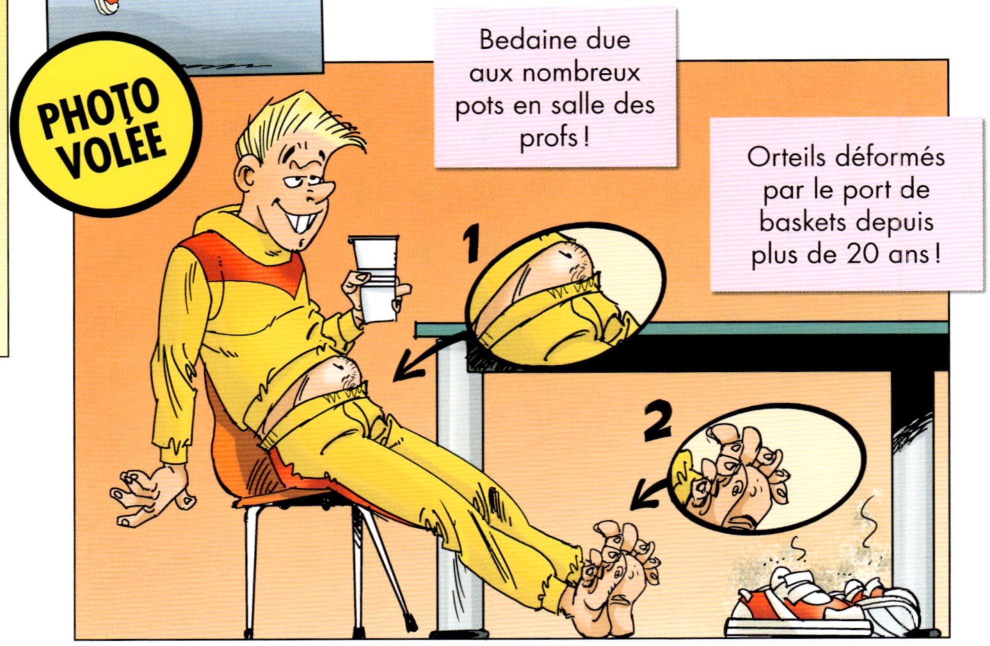

La photo sexy ! 2

BAM
P.R.O.
NFARON
2- 1741